南阳青年作家丛书

一朵火焰在远处叫我

李帆 著

中原出版传媒集团
大地传媒
大象出版社

图书在版编目(CIP)数据

一朵火焰在远处叫我 / 李帆著.— 郑州 : 大象出版社, 2016. 2
(南阳青年作家丛书)
ISBN 978-7-5347-8718-8

Ⅰ. ①一… Ⅱ. ①李… Ⅲ. ①诗集—中国—当代
Ⅳ. ①I227

中国版本图书馆 CIP 数据核字(2015)第 317969 号

南阳青年作家丛书

一朵火焰在远处叫我

李 帆 著

出 版 人 王刘纯
责任编辑 王晓宁
责任校对 毛 路
装帧设计 付锬锬

出版发行 大象出版社(郑州市开元路 16 号 邮政编码 450044)
发行科 0371-63863551 总编室 0371-65597936
网 址 www.daxiang.cn
印 刷 郑州瑞光印务有限公司
经 销 各地新华书店经销
开 本 787mm×1092mm 1/16
印 张 15.25
版 次 2016 年 2 月第 1 版 2016 年 2 月第 1 次印刷
定 价 38.00 元

若发现印、装质量问题,影响阅读,请与承印厂联系调换。
印厂地址 郑州市二环支路 35 号
邮政编码 450012 电话 0371-63956290

总　序

南阳是国家历史文化名城，文化底蕴厚重，文化资源丰富，文化名人辈出。理清南阳文化发展的脉络，才能更好地探寻南阳文化发展的道路与方向。通过这几年对南阳的了解与感受，我认为文化是南阳最突出的城市符号，是南阳未来发展的宝贵资源。

南阳是汉文化的昌盛之地，其标志性无可取代。早在战国时期，南阳就是全国的冶铁中心，农业、手工业都十分发达。西汉时，南阳"商遍天下，富冠海内"，为全国五大都市之一。东汉时，光武帝刘秀发迹于此，故南阳有"南都""帝乡"之称。经济的繁荣有力地推动了文化艺术的发展和昌盛。两汉、三国时期南阳名人荟萃：张衡的科学成就举世称誉，因而他被列为"世界十大文化名人"之一；以医圣张仲景为代表的汉代医药文化是中华民族乃至世界医药文化宝库中的瑰宝；足智多谋的军事家诸葛亮成为人类智慧的化身。南阳的文学、乐舞、绘画、雕刻等艺术门类异彩纷呈，各领风骚，在整个汉代文化艺术中占据着举足轻重的地位。特别是最能反映汉代艺术水平的南阳汉画像石和汉画像砖，朴素而不单调，豪放而不粗疏，被世人称为"东方艺术宝库"。

南阳是河洛文化、荆楚文化和秦巴文化的荟萃之地，其多样性特色鲜明。南阳文化既有河洛文化的典重质实，又有荆楚文化的清奇灵巧，还有秦巴文化的苍凉豪放。这是南阳自古以来优越的自然环境、发达的水陆交通和良好的社会经济环境决定的。南阳境内河流纵横，山川秀丽，是长江、黄河、淮河三大水系的分水岭和南北气候的分界线。从春秋战国时期起，南阳郡为秦、楚等国与中原各国的交通枢纽，由关中向江淮此乃孔道，由伊洛向荆襄此乃要冲，既是南北交通的咽喉，又是西北通往东南的必由之路。发达的水陆交通和优越的自然环境不仅为南阳的经济繁荣提供了得天独厚的条件，更为河洛文化、荆楚文化和秦巴文化在这里的交融与发展奠定了基础。

南阳是文脉相承的兴旺之地，其稳定性十分罕见。得益于优越的自然环境和区位优势，并且较少受到战争的影响，自古以来南阳文化都十分发达，兼容并包，千姿百态。兴旺的文脉如长河奔流滔滔不息，从未中断。自两千多年前到现在，南阳可谓“江山代有才人出，各领风骚数百年”。以科圣张衡、医圣张仲景、商圣范蠡、智圣诸葛亮这“四圣”为代表的历史文化名人灿若群星；“二十四史”里有记载的南阳历史文化名人超过800人。到了现当代，南阳名人仍然层出不穷。目前，仅南阳籍两院院士就有19人，占河南籍两院院士的三分之一。另外，还有以姚雪垠、二月河等为代表的南阳作家群等。

先辈留下的丰厚文化资源为我们开展文化建设提供了得天独厚的有利条件。我们要在传承和保护南阳厚重文化的基础上更好地创新与发展，充分发挥文化引领风尚、教育人民、服务社会、推动发展的作用，使文化成为实现南阳跨越式发展的新动力，成为南阳城市发展的终极竞争力，这是我们共同的历史使命。人类前行到今天，“文化是根，文化是魂”的共识更有力地彰显出文化本来应有的鲜明印记。如果说文化是人类改造客观世界过程中创造的精神成果的总和，那么，一个国家对民族精神的塑造肯定是文而化之的结果。在这个过程中，文学无疑充当着十分重要的角色。它不仅是民族精神最形象、最直接、最生动的体现，而且也考量着人类社会发展的文明程度。毫无疑问，南阳作家群在南阳文化建设方面发挥着积极的推动作用。南阳现有国家级作协会员 30 人、省级作协会员 340 人、市级作协会员 450 人，其中在全国知名或有相当影响的就有十数人。南阳作家群以整齐的阵容、众多的人数、独特的作品在中国当代文坛筑起一道亮丽的风景线，不仅成为文学豫军的重要力量，而且在中国文坛具有相当大的影响，是南阳当之无愧的文化名片和南阳人的骄傲，堪称南阳文化建设的一面旗帜。

近年来，南阳市委、市政府高度重视并支持南阳作家群的发展。为建设人才队伍，培养文学新人，南阳成立了文学院，加强了《躬耕》杂志、《南阳日报·白河副刊》等文学阵地的建设，为南阳的文学创作营造了良好的环境。全市广大作家坚持以人民为中心的创作导向，深入生活，扎根群众，创作了一批精品力作。这次我们从南阳老中青三代作家中遴选出 35 位代表，将其优秀作品以“南阳青年作家丛书”和“南阳作家自选集”两套丛书的形式结集出版，这是南阳文学发展史上空前的举措，旨在助推南阳文学创作，全面系统地展示南阳当代作家的整体实力，为南阳转型跨越、绿色崛起提供强大的精神动力和文化支撑。希望这种助推能够成为南阳作家投身文学创作的新动力，期盼各位作家在个性化的文学创作中获得更大的成功。

中共南阳市委常委、宣传部长　王新会

2015年11月19日

目　录

第一辑 等你，是我的美意

新爱沉重

我的爱情　是一件加宽加厚的衣衫
抖擞着　飘忽着
一切都在懒散之中
我无法接纳你的心声
你要明白　我不会带给你
落日的残红　夕阳的完整

我是个早已过时的旧人
是秋天的浪花　停止了律动
尽管有时　体内还有些狂躁的种粒
在跳动　但我更懂得
什么叫多余和虚狂的代称
幸福这个词对我来说　很旧
我一直都在躲着走
你的新爱会使我　日渐沉重

希望是一束光

希望　是一束魔幻的光
有时它有影有形　触手可及
有时它孱弱渺小　扑朔迷离
多年了　它一直在我身边不离不弃
我跌倒时　它变成一个幽灵
潜入我的体内　鼓动我的血液奔腾
黑夜　它是一盏红灯
一遍又一遍　让我睁亮双眼
白天　它擎起一片蔚蓝
开垦我的蛮荒　使我
有足够的力量　放飞梦想

当我重新站立时　希望
就变成一粒微尘　或飘向远方
或隐身躲藏　既然它已经
把我推向波峰浪谷

我只有不停地划桨一直向前
勇敢靠岸　我坚信
无论我是谁或不是谁
这都不重要　重要的是
我活着　在努力地生长
只要希望在　我的人生就会圆满
只要希望在　我的生命就会灿烂
一切还得继续
沮丧毫无顾忌地上升
我期待的奇迹始终没有出现
那些我认识的人
头顶上都长出了花环
只得慢下来　慢到了
落日下滑的速度
我只有背着太阳　静止

多年了　我一直在一条
拥挤不堪的人行道上
挤来挤去　挥汗如雨
虽然　我蹚过了一些坎坷
获得过一些美好　但世界
如此大而空旷　没有人看见
现在　我将所有的苦难来一次泅渡
把琴瑟安在心里　一切还将继续

我的日子一下子亮了

光芒暖暖的　甜甜的
照到我的窗台　又照到我的房间
浸透我周身的毛孔
我的日子一下子亮了

我用嘴轻吹一朵枯萎的花
它顷刻就绚烂了　我在地上
画出绿　我的周围就芳草茵茵
我对自己说飞吧　我就
云雾一样地飘起来

意念随感觉攀升
幽闭的心境被打开
颓废和一些罪过　全部倒出
心中装满了感恩和爱
重新认识并相信所有的事物

和我怀疑过的一切
人是慈善的　花是烂漫的
世界是美好的　我将用所有的美好
敲醒一个响亮的春天

待　春

太阳站在最高处　给仰望的山峰
镀着一个又一个金帽子
我带着失意的醉　远远地望着
一语不发　空气中
有点甜味儿又有点腥味儿

原野里　几声鸟鸣
挤走了荒凉　我的手迎着风
雨来了不打伞　挺直身躯
抬起热爱的步伐　从心的源头
走向戈壁　转身再转身
仿佛雪儿划过记忆
不能在泥土里扎根　那就去
石缝里跋涉吧　默默地走成时光的样子

端起一颗心　将疼痛饮下

把夹持的自己放下
收藏每一寸爱
让诗和祝福芳草盈盈

待春的日子里
我发现天依然是蓝的

每天我都迫使自己上升一次

我站在时光的风中
矜持着　犹豫着　麻木着　恐慌着
生存的疼　一点点注入我的骨髓
我把一部分疼痛烙在路上
悲伤倒没有　寒冷却从天而降

时光的风　比火焰更具有破坏力
它使我的心蜷缩着
我的呼吸急切着
有时　感觉自己忽然失踪
有时　感觉自己直线下降
我在黑暗和空寂里　迫使自己
每天全神贯注地上升一次

鸟儿飞来了　树上的枝杈
比往年又多了一些　阳春四月
脚下的泥土在歌唱　小草在歌唱
花蝶在歌唱　我披一身绿色
在奔向原野的歌唱中　拥抱了春

这个年龄

这个年龄　一摞一摞的事情
排着队找来　非让我背着抱着扛着
我告诉它们　我已经
从高处落下并下沉
在一个失去光的角落里　看落叶纷纷
那些飘浮的花絮和奔跑的血液
早被冷风碾成了碎末　吹走
我已经溃败成巨大的荒芜
我甚至找不到一滴水的重量
我常在夜里　失眠着　喟叹着

这个年龄　心飞得很高
也飞得很累　很多事物
不可阻挡地离去
时光已悄悄淹没我的追寻
如今　我站在枯树的枝头
心有不甘地向远方眺望

冬天的暖阳

我喜欢在冬日的阳光下
搬个凳子　坐在阳台上
微闭双目　沐浴暖阳
太阳射着金光　喷着火苗
它们跳跃着　包围我
顷刻　我身上爬满了暖暖的藤
我被瞬间而至的幸福融化

暖阳　是我斑斓的梦
是我生命中的一扇窗
它覆盖我的倦容　点燃我的希望
穿越我的目光　催我永不懈怠地向前

我知道　这世上还有阳光
照不到的地方　还有冰川和险滩
与之相比　我这块礁石之所以能够发光
那是因为　我拥有一轮暖暖的太阳

感　伤

风撕扯着我的旧伤
寒气从四周弥漫而来
我触摸到了身体的寒冷
远处那繁华蜃景
是否在嘲笑我的荒凉

最疼的已不是泪水
而是醒着的黑夜划过肝肠
你带走了我的夜　我的季节
留给我的　是低吟
是嘶哑的呼唤

我已经没有耐心留你
我要把心收回来
找回我的日子
你的影子　一如前世那么遥远

你是否再看我一眼

你说过　和我一起走向终点
那个绿色的诺言　不知从何时起
已经剥落成一地枯黄
如今　我依然孤独地站在
独木桥上　仰望

你　会不会在我们相会的路口
看我一眼　或者挥动手臂
鼓动风儿送我一程
你真正来过　又将帷幕拉下
牵我的那双手　又与谁紧紧相握

独　行

今天我的心漆黑一片
一块冰冷的石头　堵在心口
我听到了一些虚假的声音
在空中弥漫　我现在有名无实
新的一年　我依然背着
超重的背包　踽踽独行

哗哗的水声

每次叫你的名字
就有一股哗哗的水声
向我飘来
我被清洗了
一次又一次
日子明亮了许多

我叫着你的名字
在哗哗的水声中遨游
我断定　我会被水淹死
但我不挣扎也不呼救
任其下沉　一直下沉
我看到海底都是
清净的世界和干净的人

朦胧之美

傍晚　我醉酒了
喝下大半个黄昏
把千种痛苦　一杯饮尽
把心调到三十层楼的高度
我愿意这样醉着　混沌着　飘然着
像秋天漫天飘舞的落叶

那轮残缺的月儿
从异地飘来
胜过随风而逝的幸福
我倒出一些岁月
再倒出一些岁月
抖出十万份真情
喝吧　把影子喝成盛开的野蔷薇
喝吧　把脸色喝成桃花红

假　如

假如　你我从未爱过
也许我会从容地过活
不很快乐　也不很寂寞
平淡中有祥和

假如　你我从未爱过
也许我会立地成佛
长成永恒的树
或开成永恒的花朵
不耀目　也不落魄
遇风而舞　遇雨而歌

假如　你我灿烂地爱过
日子就会被梦打破
瘦弱的肩　怎能撑起
空寂的生活

我的喜怒哀乐
全都在你的手掌紧握

假如　你我灿烂地爱过
相思就会荡起
一圈又一圈的旋涡
把我折磨
可我　可我不会对你说

非常和善

一

是该做一次休整了
退去荒唐　放大孤独
尝试一点贪婪之美
可是　无论我躲到哪里
总被时光揪着走

日子在飞速行进
身体不断被时光洞穿
脚　不自主地向上帝的方向狂奔
那些跳动的青春颗粒
变得多余和无所事事
现在我尽量把欲望擦净
以平淡的心　去看落日的美丽

二

时光在我面前越堆越高
如万把利刃　刺向我
我听到了来自体内
狂飙的风声

我希望着　有一天
有个亲爱的人儿
闯入我的视线
即使　我无法攀缘
我也会在清冷的夜里
掬一捧柔情　等你

为你写诗

想你　就写一首诗
一直想你　就一直写诗
痴心是蔓延的茅草　疯长
任风　吹皱我的面颊
任雨　浇透我的身体
风浪里　体验着甜蜜
执着中　感悟着陶醉
这一刻啊　这一刻
我着了魔地　爱你

想你　就写一首诗
一直想你　就一直写诗
你　芬芳了我的诗
你　灿烂了我的心
亲爱的　请搬进我的心房
做我的宝贝新郎吧

我会用尽所有的目光
一百次一千次地　瞻望你
把你擎在手掌　让爱
在四季轮回中生长

你怎么沉默无声

你怎么沉默无声
像沉睡的贝壳
紧紧闭合着躯体
这么多年了　你一言不发
在漠视我的感情吗

我在四季轮回中
每天　都在虔诚地为你祈祷
期待你破壳而出
你却一如既往地平静

你知道吗　我为你煮熟了苦恋
把心一点一点地割破
生命　在一程一程地消隐
我给你的是整个天空的星儿
你给我的是一片星儿的天空

尽量不去想你

我加速狂奔　把声音放大
一直向前冲　抱定一个信念
尽量　不去想你

我把书翻得哗哗作响
以奇特的方式　将文字吞咽
放大视角填充所有的思维空间
尽量　不去想你

我把目光钉在墙上
看一只蜘蛛织网
一点一点　我看得很真
尽量　不去想你

为你　我动用了两年工夫
也没有将你搬出

像是醉着

你看见了吗　我就是
那棵褪尽了绿色的秋树
以昏黄的姿势站立
慌乱　敏感　伤怀　迷惑

心　也成了散状
满世界地奔跑　慌得我
到处捕捉　难以收拢
过去的誓言以冲刺般
一一降临　令我手足无措

一些事情　猝不及防
说到就到　我两眼充血
在风中行走　像是醉着

雾

雾　总是纠缠着我
与我形影不离
我用力揭开一层又来一层
它们　似千万个细小的银针
狂舞着扎向我　我疼痛着
全身裸露　心中的灯在下沉
所有的光　都对我隐身而去

雾　在我眼前翻飞
它遮着我的眼帘
覆盖着我的心事
体验着生与死的冥想
何时　有个飞翔的消息
能帮我揭开朦胧的谜底

我想知道一个真实

为了寻你　我积攒了一夏天的绿
每片绿都摇曳着　我灼热的情
我知道　真相或许它存在着
或许它根本就不存在　它恣意被人描述
我在伪真相的迷宫里狠狠地迷惑

我一直都想看见你真实的面孔
你是我跌落后的精神寄托
你是我惺惺相惜的幸福畅想
请打开一扇门　让我
看到一个晴朗的天

灵魂在流浪

我的灵魂出走多日了
它到处流浪
出卖我的肉体
我很惊慌

每天　我都在出门之前
用洁净的水　狠劲地洗
使身体保持干净状态
我尽量用细语说话　保持镇定

我看到路上的行人
都很慌张　我尽可能地少逛街
不去碰撞那些慌张的人
我现在需要闭关
认真地矫正和修炼自己

等你，是我的美意

我一直都在抑制
那个即将掉下来的泪滴
怕你看见　怕你知道
我为你所承担的煎熬和悲戚

我一直都在抑制自己的情感
怕你破译这个秘密
我不愿　那场别离
让你忆起　增添懊悔和战栗

我一直都在抑制
焦躁的心理　我尽量保持
静默和期许　请你不要
总和我失之交臂

你看见了吗　我在你门前

久久地站立　练就一个
执着的姿势　千年万年我等你
即使　遥遥无期
依然　如醉如痴

你终于踏歌而来

我曾经把你含在口中
小声地喊着你的姓名
我曾经　学着狐狸的舞步
将精美的舞姿延伸到你的梦境
我曾经赤着脚
从夏跌进了冬

我还把心碾碎
做成群星　闪烁在你寂寞的夜空
我还从太阳里取出火点燃自己
加大自己的热能　等你相逢

你终于踏歌而来　脚步轻轻
我流泪了　不疼

告别或开始都是缓慢的

日子在忙碌中延续　所有的事情
都是我一个人的事情
我爱上了沉默或静坐
爱上了一点点地将目光游移
那么多好看的花　都开在墙外
与我无关　现在无论做什么
或者想念什么　都是没有奢望的

我的未来啊　也许很长　也许很短
也许告别或开始
都是缓慢的
我的诗歌在风中行走
也是缓慢的
一个人在梦幻中被唤醒
也是缓慢的

我困在八十层楼的高度

我一直都在搜寻
心和眼睛抖到哪里去了
我爬到八十层高楼上寻找
我看见　他们
从大气层里漫了过来

我打了个寒噤　我身体里的部件
什么时候上升到这样的高度
我浑然不知　天啊
我大声呼喊　放我下去
所有的人都没听见
他们情愿让我在真空里禁锢着

几乎成真

每天　你都准时地
端坐在我心里　向我
演示浪花的美　我的
小小忧郁和你的光芒　瞬间相遇

我怀抱着几十个花瓣
非常现实　你把月光提在手里
闪烁着　用力把我的夜擦亮
你是我赶不走的景观

我被你的热烈洞穿
开始关注你　我听到了
体内有种发芽的声音
我的梦几乎成真

你是我等了千年的人吗

那棵伫立千年的老树　它是你吗
我怎么与你　失之交臂
风从我背后刮来　我临风无语

我已经踟蹰在十字路口
等你多时了　那些
闪烁的星星和灯盏
都是我等你的心啊
春天来了　我将努力伸出枝杈
你寻来时　我能给你一点绿

我的伤口复发了

我的伤口复发了
它疼痛着
一个曾经的男人
悄悄地站在我流泪的地方
用残缺的目光
掳走我全部的心跳

一粒整治内伤的药片
翻着虚假的跟头
在黑暗中一点一点缩短
我的前程
旧日的场景和曲目
从我身后
蹑足而过

我提着冰冷的往事

把岁月种植在墓地
我将持最后一点亮光
把你门前的黑暗
唱响

等待返青

分手　对我来说很淡
就如一缕烟雾
轻轻地飘走　仿佛
一些事物从来没有来过
大不了　心儿
和枯草一起荒芜

分手　是一个很轻的事物
没有眼泪　没有痛苦
只有静止　和耐心的疼痛
一如褪去绿装的田畴

现在　我的一切都很真实
身心如一　天很蓝
我醒着　我必须醒着
慢慢地等待返青

爱情是个温柔的阴谋

一

我陷进了一场
爱情的阴谋
我快要倒下了
身体正摇摇欲坠

黑暗再次光临
孤单再次将我罩严
今晚我什么也不干
看窗外的车流
我可能什么车也搭不上
包括爱情的末班车

二

爱情　就是一个阴谋
它总是诱惑我

捕杀我的温柔
一次又一次　将我
点燃又掐灭
一次又一次　让我
胖了又瘦
现在　我成了一个苦涩的干果
挂在朦胧的梦中
结满了揪心的忧愁

和月儿一起孤独

今晚　月儿很瘦
夜色汇成了河流
我端坐在自己编织的网里
和月儿一起孤独

看　我多像个蜘蛛
白天　我把相思全部抽出
把情网撒满枝头
夜间　我把相思织进梦境
静候　一个相濡以沫的拯救

苍茫的天河啊
谁会涉水而来
安抚我的灵与肉
让我风干的眼睛热泪奔流

雪夜是寒冷的

一个人的雪夜被狂风乱卷
我伸出双臂　紧紧抱着双肩
我就当是你温暖的大手
拥着我旋转　瞬间
幸福来啦　爱情来啦
我轻轻抚摸着发烫的脸
我不冷了　有了太阳般的暖

雪静静地下　不声不响
唯有思绪　汹涌般狂翻
有你的时光　我拥有一片蔚蓝
恋爱的夜晚　美好且短暂
现在　你的名字越发遥远
我只能用文字填充人生的缺憾

今夜　让我流泪的不是刺骨的风
和寒冷的天　而是心中
陡然升起的　一种莫名的伤感

我的眼中还有你的影像

你说你是一棵树
用绿色的脊骨
在我面前站成一定的高度
让我端坐在你的羽翼下
云儿一样地上升

可是　有一阵风
就刮乱了你的里程
我只能　带着爱的余温启程
亲爱的　我看到流浪的星儿归家了
我们何时结束流浪

承诺是个繁殖很快的植物

我的大脑陈旧且有裂口
什么都漏　你那些承诺
它来访过　我也没挽留
今天你重又提起　一脸的愧疚
不必的不必的　在人生的岔口
我们又画了一勾

女娲只会补天
不能修补人的口
承诺　是个繁殖很快的植物
遇到适宜的土壤和气候
它就会破土而出

我不是给你提醒过吗
我曾经多次对承诺下过毒手
撕碎面纱　把美言剖析得

露出了白骨
那滴泪水　出走多日了
直到破碎它也不清楚
它到底代表着怎样的伤悲
为谁而哭

苏　醒

你不必转身　我已猜到
你浅浅的目光
缭绕着一层水雾
我苏醒了　在现代爱情词典里
根本就没有执着一词

我是霜打的冬天
现在　有了
春的风声
草的萌动
花蝶的呢喃

情　书

床头　堆了一摞崭新的情书
每晚　我总是忍不住看一眼
每看一次　就听到一次
从远古飘来的脚步
声音很旧

美言　在我身上风化多次
已演变成荒谬
今晚　再听美言
心底猛地抖了一抖
热辣辣的文字很温柔
似微风轻抚　但我
却很难测出　它的深度

你的诺言

一

诺言　在我脑海里泛滥多年
已成灾　我动用了很大功夫
才把它们彻底赶走
我确实安静了几年
今天我再次听到诺言这个词
略带沧桑　很是惊慌

在我心中
菊花开了
桃花开了
该开的东西都开了
唯有你的诺言从未开过

二

你的诺言　说给了许多人

今天又说给我听　我很惊慌
怔怔地望着你　一眼穿透你的灵魂
心口　有种小小的痛

走开吧　我当你是骚扰我的噪音
很是恶俗
你再不走　我就又掉进黑色的长夜
回到了从前　裂开的
是一个伤口挨着一个伤口

三

诺言　对我来说约等于零
不如你给我泡杯茶
做顿美味佳肴
再不然帮我捶捶背　捏捏腰
以特有的方式温暖我
让我笑　让我欢畅
让我尽情地打开自己

诺言　对我来说约等于零
请你用行动一点一点来证明吧
美好的事情不可能
一开始就美好

请你等一等

请你等一等
让我柔弱的翅膀
送你一程　即使你不愿回眸
我仅看看你的背影

请你等一等
让我把心烧成夜光杯交给你
我将坐在情感最高峰等你
直到阴霾的天空挂满星星

请你等一等
让我烧开一壶沸水
浇开麻木的神经
在寒冷的冬夜
让笔儿在纸上自由地驰骋
写下我的艰辛
卸下心底的沉重

第二辑　岁月的疼痛一阵一阵地掠过我

我不是爱哭泣的人

上帝真会开玩笑
给我一个有知有觉的灵魂
却不给我完整的人生
我的情感世界是多么的贫困啊
身上储存的一点点温暖
早被岁月剥蚀殆尽
剩下一个躯壳
靠写作维持快乐

我不是爱哭泣的人
以自己独特的方式活着
现在我越来越不惧怕死亡
甚至一夜走完一生
人本来就是过眼烟云

热能在渐渐耗损

一

一片白云神秘地飘来
又神秘地失踪
我怀揣一份柔情
坐在至高无上的相思屋顶
热能在焦灼中渐渐耗损
我听到了来自体内的山崩
心　在那一刻被凿一个洞
一股猩红的血液　带着哀伤
正从心的最深处流走

二

错过就让它错过吧
我权当它是厄运
失去就让它失去吧
我权当它是灾情

唯一不能失去的
是人的自信

三

没有青春　就不写诗了
难道诗是青春的代称
我已不年轻　但诗的喧响
仍在心中鼓荡　饱含激情

诗是我的一杯浓酒
饮着　狂热难以自禁
我多么幸运　在诗的王国里
听月光倾诉　看星星起舞
让生命在夜色里歌唱

我没有丧失尊严

我原以为　你是一朵火花
向我飘来　我捋了捋衣袖
脚步欢快了许多
挺直了腰杆　迎接

谁知　你银光闪闪
透着寒气　原来
你是一柄利剑
把我逼进深渊

我只得停下来
躲在你的面具后边
舔舐你给我留下的新伤
你的真面　我终究没看见
我想那肯定是一张变形的脸
起码　我没有丧失尊严

阴冷的周末

这是一个阴冷的周末
鸟儿和燕子早已迁徙
窗外是光秃秃的树和
沉寂的天空　我的寒冷
关键不是这些

亲爱的　你能否告诉我
你是一阵风　或是天上的一片云
你是一阵风　我愿是一粒沙尘　随你漂泊
纵使粉身碎骨我也快乐
你若是云　我愿割断我的血脉
一滴一滴把血液融进你的腹中
随你洒到天的尽头
那是多么骄傲啊
多年了　你却什么也没说
我只有沉默不语

现在我望着抑郁的天
一把无形的刀子
直捅我的灵魂
我感觉到了身体在崩裂
那缕微光
在暗影里粉碎

我被挤到了悬崖边上

我的四周　布满了脚步声
我无处插足了　我退到了
悬崖的边上　我只能原地踏步
我的苦痛　接近堕落
眼前是一地失败和悲怆

我愈来愈讨厌自己
讨厌那些粗糙的文字
它们使我恐惧和不安
来吧　把我挤成水挤成土
最好把我的日子也拿去
请你珍惜占有我的时光

风　筝

我是一只断了线的风筝
无根无主　随风儿旅行
我的行役匆匆又匆匆
我会在谁的心瓣上扎营

你知道吗
白天　我吞着青春　挥霍光阴
夜间　我是游荡的孤魂
我已经赤足　走过好几段冰峰

关紧你的门窗　收起你的衣物
我是人类猝不及防的飓风
我是狂躁又激亢的舞者
我用酒精播撒火种
我用利刃收割笑容
我用极速冲撞永生之门

奔走的岩石

在你之前　我是那个浑身带伤
不停奔走的山石　我已经
走了很长很长的一段路程
甩掉了一批又一批的时光
始终没有抵达心意的顶点

我很累　已经停了下来
身上是历经沧桑与穿越苦痛的巍峨
路上烙着无数的挚爱
我学会了忍受浮躁
和剐骨之外的疼痛

慢下来

我的羽翼愈来愈薄
经不住　一束光匆匆的一瞥
我慢下来了　坐在一个
小小的树荫下　还好
我有了充分的理由　关照一下
从没有放在眼里的磨破的脚

一阵风儿刮过
叶儿纷纷坠落
我在迷失　眼前
我该怎样选择
一片小小的叶儿
就覆盖了我全部的绿

身体被掏空

那时　你执意走近我
那时　我执意拒绝你
我跑　你也跑
我停下　你仍跑
我用老檀木堵你的路
我用尖石拦截你的脚步
都没有成功　就在一个
我猝不及防的阴雨天气里
你闯入了我身体内部
支起了锅炉
啃吃我的五脏六腑
我怎么赶也赶不走
我成了空空的躯壳
我将携带这空空的躯壳
挥霍掉我日渐缩短的生命

今夜我将变成……

从今夜开始　我将变成一盏灯
站在你的头顶
橘红橘红的
陪你孤独　陪你微笑　陪你做梦

从今夜开始　我将变成一颗星
携带仙界千年的约定
来到你的夜空　释放热能
给你抚慰　给你温暖

从今夜开始　我将变成一只蜜蜂
飞到你的耳旁
嘤嘤嗡嗡　为你歌唱
给你甜美　给你希望

如鲠在喉

我终于抵不过
那些和温度对抗的事物
冷　我发现
我被突如其来的寒流击中

我结了冰　冰在我体内
又结了更多的冰
我打算拒绝一切与温暖有关的事物
我孤独着　如鲠在喉

死亡说来就来
那些生命和大楼一起碎裂的场景
始终抑制着我
心中从未停止过的小雨
总是淅淅沥沥在滴

你表演得很成功

你的演技很成功
一百个日子
你成了我沸腾的神
思念你　比一堆篝火热烈
比一本古典有趣
我一次次地希望
又一次次地失望
你的台词
让我燃烧了一个冬天

为你　我扔下行程扔下岁月
扔下所有怒放的季节
交出跌宕起伏的心
攒着劲儿　在你的剧中演戏
我什么也没看见

很热闹是吧
仅仅一眨眼的工夫
你已经逃得无影无踪
我很佩服你
你的演技　天衣无缝

等　待

这是一个想和自己说话的午夜
月亮和星星都没有现形
夜　空旷而孤独着
岁月跌落成点点印痕
窗外的事物履行着使命
我好像在等待什么　又必须放弃什么
我对自己垂泪感到很陌生
爱情花园的草　我啃吃了一半
我把悲哀升到极限
用一种错位的心境
去敲别样的门

周　末

卸下一个沉重的自己
换上一个轻松的自己
两天　足以浅尝属于自己的
欢愉

改良一下内脏
狠吃一些粗粮
让体内留一些粗硬的物质
去砥砺外界风寒的侵袭

该淡忘的一定淡忘
该储藏的一定储藏
尽量做些有利的事
保持一份矜持和好心情

一片落叶在地上行走

一声简单的叹息后
一片叶儿终于结束与花儿的爱情纠葛
从枝杈上滑落下来
把牵挂留在枝头

它计划着　在身体还没有腐朽之前
邀上风儿开始漫游
它的心愿是绕着地球看个够

白天　它抓住光儿行走
夜晚　它提着星儿行走
风雨无阻　似有一片
红晕　亮丽路途

一朵火焰在远处叫我

一朵火焰　在远处叫我
我用落霞染红的眼睛
远远地瞩望
保持着一种肃穆的表情
可我还是听到了
内心有拔节的响声

一朵火焰　在陌生的地方叫我
我听不懂它的语言
我看到了　它比风儿更具有破坏力
它让一片绿叶迅速枯黄

一朵火焰　在黎明前叫我
敲醒我的眼帘
打开我的眉头
仿照着阳光的灿烂
抢在黎明前将我照亮

打开自己

沐浴春的气息和温润的土地
我要打开自己
像草儿摒弃懦弱迎风招展
像油菜花儿开得金黄金黄
像一颗晨露放逐身心
在大自然中昂首歌唱

打开自己
掬一捧虔诚的圣水
浇灌灵魂
把淤积的心事埋葬
再做一个奢侈的梦
网住春天　抓住时机
开放

打开自己　把挥霍的青春扯回来

拼出一枝绿莹莹的藤蔓
再呼唤一阵风和轰鸣的雷电
在情感爆炸的时刻
收获独一无二的硕果
去创造千载难逢的明天

我把自己砍来砍去

我一踏上社会　就一身的毛病
为迎合社会　我不得不
经常地手持一把利斧
在晦暗的天气　或是孤独的夜里
从头到脚砍来砍去　矫正自己

比如脑袋　不能生锈
也不能陷进畅想里
比如心　不能蹦得太高
比如眼睛　不能把骗子看成所有的人
也不能把所有的人都看成骗子
比如微笑　要适度
比如举手投足　要恰到好处
比如穿衣　不能沾染卑污

大部分的时光也被我
砍得所剩无几了
现在的我好像一池无涟漪的水
和静静的温柔的月光

我什么都怕

那时　我满身长刺
到处碰撞　什么都不怕
现在我坐在温室里
靠稳定的收入吃饭
却什么都怕
怕老　怕脸上长皱纹
怕噩梦造访　怕闪电过后的黑暗
怕冷　怕孤独的风雪夜
怕鬼敲门　怕罪恶造访　怕骗子迷惑
这样的怕在我的周身蔓延
生命在怕中一点一点枯黄

疼痛地掀过最后一页日历

过去的一年
欲望和真理相撞
愿望与现实脱节
忧患如影随形
我想不出办法去追赶幸福

我付出的那份情感
始终没有找到归宿
它被风儿吹到墙角闲置着
我伤心地用手抚弄了一遍又一遍
我已经无力再扶起它
让它再长高一次

时光如此不真实

尽管我的表面　平静着
内心却如狂奔的马匹
难以安静
时光　一次次地取走我的青春
把一道道沧桑摁在我的脸上
我很绝望　我的崇高的理想
智慧和爱　还有想修成的正果
一切的一切　如夕阳下沉
我的心愿　在一唱三叹中陨落
时光如此地不真实

来　年

来年　我将会寻一把利剑
砍去腿部的软弱
夯实脊梁　站在时光之上

来年　我将卸下翅膀
重新打夯
有如秋果俯首冬天

来年　我将从眼里刮出狂风
把石子吹上天
再吹成星星的模样

如果方便　再修饰一下脸面
譬如　再靓丽些
譬如　再俊俏些

彼　岸

那时　心儿是静止的
没有一丝波澜
现在　它起风了
波动　震颤
像是有双弹奏的手
拨动了久违的弦
为我鼓唱

请向我迈步吧　我是你的彼岸
你也是我的彼岸
今生来世　让我们共同弹唱
一个永恒的不老的寓言

温　暖

温暖　巨大的温暖
独一无二　从心底溢出
在我周身荡漾开来
它以幸福的姿势击中了我

眼中的雾障渐渐退去
心中的雨季被驱逐
忧郁一个一个蹦出
我看见了阳光正为我铺路
所有的迷失和痛楚　都淬炼成灰
那些斑斑点点耀眼的阳光啊
是我日夜激荡的心海湖

再试飞一次

一个期许　拽住
青春的尾翼弹跳
丢落的　那个飞天大志
一头栽了下去

可以吗　再试飞一次
我抖抖翅膀　放出所有的热能
清掉囚禁的阴影
邀请雷电　邀请日月
邀请长空中的一切生灵
俯冲或扬升　使生命再一次年轻
让时间跟在后面
追成　瞻望的眼睛

岁月的疼痛

从前　一位老者告诫说
“时光易失　你们要紧紧地抓住它啊”
我总觉得人生的路　很长
现在生命的疼痛已漫过膝盖
猛回头　才知道大量的时光已经逃走

如今　想静下来做些自己的事情
可生活中总有一些突发事件耗着你
譬如　碰到一个多年不见的友人
突然找上门来　忆旧
扯出一堆陈芝麻烂谷子的事
譬如　同事的孩子结婚邀请你吃喜宴
譬如　路遇盗人抢包你拔腿猛追
这些不得不又耗走一些又一些时光

那座光耀的山峰　你很想攀上去
你试了几次　却被山谷刮来的野风吹了回来
岁月的疼痛　一阵一阵地
掠过我

有种莫名的感动

我喜欢雪和雪覆盖的原野
我喜欢枯枝上冻结的冰块
我喜欢纯净的白和白覆盖的人生
我醉了　幸福旋转起来了
我有了这个年龄
无法言喻的醉
雪慢慢地下
心中陡然升起
一种旷世的感动

幻想家

我总是在时间的最深处
摇晃　没喝酒也醉
一些快乐的微生物
总是潜在我的体内　飞来飞去
我的心膨胀着
我收获了更大的幻觉

我看到了　通往天上的梯子
和高速公路　天地很近
近到我一伸手就摘到一捧云朵
我还看到了　人类都长出了翅膀
男人们都成了阳光　和上等的食粮
我的眼睛里开满了向阳花　我把慈悲
分给慈悲的人们　我变成了
一个非常和善的帝王

屋内的事物

这屋内的木箱　它认识我
它储藏着我一生收留的情感
这屋内的灯光　它认识我
它和我一起摆放了许多人生童话
还有一罐罐疼痛的语言
墙角里那个壁虎　它也认识我
每晚我一工作　它就站得笔直
样子很像个男人

星星眨着眼睛　心事重重
月亮在窗外策划着什么
关心我的　只有屋内那盏
闪烁的老灯

我希望每天都是崭新的

我希望每天都是崭新的
太阳的红是崭新的
小草的绿是崭新的
露珠的亮是崭新的
水藻的青是崭新的
鸟儿的羽毛是崭新的
小河的水是崭新的

我的身体是崭新的
它长出了呼啸的山风
呼呼地号叫　摧枯拉朽
我的衣服是崭新的
它光耀世界　正跨越理想
与快乐狂奔
我的声音是崭新的
它摒弃了懦弱　放大了音高

我的尊严是崭新的

我的步履是崭新的

它变成了两个风火轮

左脚踏青云　右脚踩月光

快要抵达花果山的峰顶

有一束光在我前方的路口闪现

有一束光　也许有意
也许无意　也许是
偶尔扫描到我的身体
不管怎样　我都很感激

我以为　我早已从光明中走失了自己
是被光明遗弃的物体
想不到　月光走了
阳光又来　我还有被照耀的权利

那束光　不仅照耀了我的心
还照耀了我的伤痛和孤寂
又赶走了　我眼中的失落和自卑
现在　我走路也有了力气
说话也有了响度
一盏精神之灯从体内油然升起

你的声音在那晚走失

光线开始转暗
身边有了风声
沙尘从内脏起飞
无论我怎样镇静
也阻不住心扉的痛彻

脊背被一根绳子套住
它在弯曲
一部经典　患上了寒症
不能直立
你是否　怀揣一个爱情阴谋
就此逃离
一颗玉壶冰清的心
在孤独的夜里
被击得粉碎

不要像只蚂蚁噬咬我的堤坝

要来　你就大气一些
狂风卷住暴雨
再夹些雷电霹雳
猛一点　像山洪暴发　像河流决堤
冷一点　再向西伯利亚讨要些冷空气
最好降温二十摄氏度　大不了
流就流一次汪洋的泪
我就怕　我就怕
有一朵浓密的黑云
长久浮在我的头顶
滴下的是无关痛痒的小雨淅沥
我会发霉　还会窒息　甚至绝望
我还怕你变成一只蚂蚁
潜入我体内啃噬我的骨髓
最后　器官失灵　肢体瘫痪
连哭泣　也找不到该从哪里用力

只需要一点点光就可以
我仅需要
一点点光就可以
我与你　只是天体中的两颗星
虽然肩并肩
却隔着银河系

不要向我走来
我只要一点点光就可以
爱情这个词　我尝试过
它是剧毒　是用来灭顶的

端午是诗的节日

端午是诗的节日
它和其他节日一样被人重视
江蓠辟芷这些屈子钟爱的花
都在春气奋发的五月绽放
那屈子理想中的蛟龙凤凰骏马和鸷鸟
都化作了鲜艳夺目的舟船
在祖国的每一个江河湖海里冲浪

恶政毁灭一个诗人
却馈赠了一个节日　这个节日
让诗人们引吭高歌

今天是祥云如盖　落霞与孤鹜齐飞的日子
这是一个千年不老的诗人的日子
这是一个苇叶艾草都显得名贵的日子
这是一个忆往昔思美人等待大招的日子

我们身着菱衣荷裳轻装徒步
呼唤世代忠魂归来

今天　我将用绿色的诗笺
视天地为花园　编织五彩缤纷的花环

向低处致敬

我捧起一颗心
向弯曲的小草致敬
我用血液点亮一盏灯
向冬夜的雪花致敬
我把皮肉化成肥料　向土地致敬
我举着右手　向看不见的远方致敬
向鸟儿飞过的洁净天空致敬
向风中舞蹈的无名野花致敬
向辛勤采花粉的蜜蜂致敬
向飞速的时光致敬

不是我总爱怀旧

不是我总爱怀旧　而是忘不了
谁弄疼了我的心
路　还是以往的路
林子　还是茂盛的林子
那些不知名的虫儿
还在喳喳地叫　吵走了
我闪光的青春
一切都远去了
纵使我把你收藏起来又怎样
多年后　谁还会用爱
翻找我一如止水的心

风在刮我

时光扔给我一堆旧事
冷冷地　也不抬头
快速地从我身边路过
只有圣洁的风儿　时不时地
光顾我　激起我片刻的战栗

多么美好的世界呀
我曾经为之激动过　拼搏过　奉献过
过去的一切都变成了残缺的凌乱的碎片
只有风儿　不嫌弃我多余

风儿适合我
它令我感激　令我心跳　令我满意
偶尔还能跟随风儿飞一飞
找回自己失重的身体

分　手

你沉默不语　我知道
这是分手的信息
我的相思已化成血雨
流出的伤痛　无边无际
我该这样拯救自己

在孤寂中　我学会了坚强
学会了用微笑去握别一段恋情
不会让错误继续延期
该走的就潇洒地走吧
泼了那杯苦酒
斩断那缕情愁
重新把生活的大旗扛起

红灯亮了

爱情的红灯亮了
她只得止步
她蹲在红绿灯的路口静默
她患上了时髦的失语症
她呆望天空　期盼它会掉下来点什么
可是　她的眼神令太阳含羞
她大声疾呼　我不要大雨　我要光束
她只得把自己关进黑暗
宁肯错过红绿灯的机会
用这短促的机会
来一次狂妄痛快的发泄
呻吟就淋漓地呻吟
痛苦就淋漓地痛苦
宣泄就淋漓地宣泄
她相信总有一天　那股蕴藏的力量
能像火山一样爆发

孤　独

饮罢这大把的孤独
我学会了隐身的方式
把自己封闭在缝隙里
让思绪自由疯长
孤独是一门艺术
它是把渴望的种子播在心头
在苦难中酝酿新的成就
孤独是把无数个白昼和黑夜全买走
它对有的人来说是难得的财富
你不见如今生存的空间那么窄
你不见月光和雨都变细了
孤独　就是用苍茫的人生去亮丽世界
孤独　就是用沉闷的心境去孕育汹涌
孤独　就是蹲在幽暗的深井里
去澄澈人生

第三辑　谁谋杀了美丽

海　子

海子死了

他的诗活着

——题记

因为诗　你把青春烧成火焰
在面朝大海春暖花开的乐园里
种植了鲜花　青草　和飞翔的翅膀
享受着孤独　尖叫　和甜蜜的醉

因为诗　你穷尽一生
你成了人们眼中的瘟疫
成了陆地上停泊的漏风船
你催开了一枝枯竭之美
你这棵孤单忧郁的树
终于在有一天放下了妄念
放逐了苦难　选择了逃遁

怀揣期盼和破碎的梦
一头扎进了荒凉的黑暗里
守住了缄默　守着了燃烧的磷火

你是火焰毁灭后炽热的毒
你是插在时光深处的一柄剑
直逼人们醒着的痛楚

今夜我被忧伤覆盖

今夜　我什么也不想
只想　沿着一条林荫大道
眯起双目　静静地走
把一些事情从体内搬出去
将嘈杂声赶到视线之外
让心中的柔软荡漾开来

我慢慢地走
头顶不断砸下飘落的叶儿
一片一片像雪花一样　覆盖我
我抓着一片枯黄的叶儿　端详着
猛然间想到我的青春
不就是在这些枯荣中远去的吗
这个夜晚　我被忧伤重重地覆盖

我依然是原来的形状

我在一个又一个冰冷的夜晚
独自饮着沁凉的风和怅惘的酒
远处　似有一团一团的火苗
跳跃着　也不知是哪路神仙在挑逗我

该走的都走吧　最好把心也带上
我的心是麻木的
即使你踏在上面　跳来跳去
它也不会疼痛　也不会哀伤

我向他们走去

在街道或是居民区
每天我都会看见
他们三三两两聚在一起
谈论着　身体里出现的杂病
一脸的沧桑和忧虑

他们的青春被后者覆盖
美好的岁月　在枯荣里渐渐走远
他们成了时光的忠实信服者

现在　我看他们越发顺眼了
但我一想到将来　不
很快　我就是他们的模样
被年轻者　投来同情或厌恶的目光
内心就会有股淡淡的哀伤
冒出来

坐在小区门口微笑的人

我看不出他有多大年纪
他还不算太老
也许是病魔把他及早地打发到
生活的边沿上
微笑　成了他唯一能做的事

每天　他都拄着拐杖
抢在人们上班之前
准时来到大门口仰起一张老脸
朝匆匆的来来往往的人流
微笑　他只能微笑

每天　我和匆忙的人一起
越过他的微笑
去上演自己的故事
跟时光去拼杀　在生活中滚爬

我们　就是老人以前的影子

我看到　老人常常望着
穿梭的人流　流泪
那里面有他的步履
那时　路旁的老人
也向他微笑过
现在　他又变成路旁的老人
向路人微笑
很多人和事
都没有同他告别
就已经远离了他

时间的刀从未停止过舞动

一个很深的秋天
我坐在临窗的办公室
望见那个　直线上升
冒着黑烟的烟囱
想着某一天　自己也会变成
一股黑烟　直线上升
那时　我将全部抖出
我一生的爱情毒药

时间的刀从未停止过舞动
悄无声息地切割我的肉体
我怀念青春的时候
我已经变成了另外一个人
此刻思念一个人
并不感到那么的忧伤

给我片刻的喘息

请不要频繁地迁徙
撑开你的翅翼
让我在你的庇护下
稍作喘息　得到片刻的安谧

请你停下匆忙的步履
让我靠近你　由我分担
你的苦和累　把剩下的时光
细细梳理　备足油盐柴米
邀请明月从容地举杯

请不要再做虚幻的梦呓
时间不容你去犹豫
筑巢吧　让心灵有一个栖息地
别让一颗完整的心
一点一点地破碎

我认为……

我认为　祖父还没有走远
他的唠叨　还响在耳边
一扭头　他坟茔上的野草
正被一群羊羔啃得正香

我认为　我的青春还无限地长
装束尽量时尚　一转眼
女儿像棵树　已蹿过我的肩
追着时代跑得正欢

我认为　我还握住大把的时光
拥有着无数个明天
可以将脚步放慢　一转身
体内的激情早已耗光
留给我的是一串串长长的感叹

心中的五味

我升起的猎猎大旗
正慢慢地下沉
我用犁铧翻出的土地
还未播种　就长出了荒芜的诗句
飞翔的誓言已经折翼
浮躁正在逃离
所有的喧嚣都回归了宁静
我找回了一个赤裸裸的自己

异想天开的欲望
在我面前蹦来又蹦去
我燃烧了　在烈火中翻滚
在灰烬中追寻
期待　放弃
放弃　拾起
我越过一个又一个梦幻
带着疼痛上路

今春的事物

——悼念汶川地震遇难者

今春的月儿　怎么看
都是残缺着　像被洞穿
每晚　它都在拗着身子
带着疼痛　发出潮湿的光
加大我的伤感

今春的太阳　怎么看
都不灿烂　消沉黯然
中国十三亿人民啊
金黄色的梦被涂上一层
黝黑黝黑的雾障
那个令人惊悸的噩梦频频造访

今春的花儿　怎么看
都不鲜艳　每个花瓣上

都有斑点　在没有恭维的空气里
它被倾覆着折成了枯黄
一股股清泪　跟着思念忧伤

今春的生命　怎么看
都很倔强　他们一个个
从废墟中走出　穿越黑暗
穿越死亡的栅栏
踏过坎坷　向着生命的至高点
走出别样的分量

我愿我是……

——献给汶川地震的遇难者

我愿我是一缕晨曦
穿越黑暗　穿越废墟
用小小的热流
点燃你的信念和希冀

我愿我是一股小小的细雨
沿着水泥板壁的缝隙
滑向你　一滴一滴
滴进你枯竭的身体
让你疼痛的生命得以延续

我愿我是一块坚硬的柱石
顶天立地　站成不倒的姿势
地震来时　让我为你撑起一方天地
给你送来自由的呼吸

来不及喘息

我什么也来不及
来不及回味一下
来不及转身一下
来不及消融一下
甚至来不及向过去　道一声感激

我左手提着风
右手握一把晨星
时间啊　请让我喘息一下
让我把尘世的隐痛
熬成苦汁　喂养我的健康和智慧
让我去珍惜人生中的点点滴滴

时间啊　请让我喘息一下
让我操练操练
让我的脚步
学会飞

爱情之花从未开过

爱情总是躲在我的侧面
它从没有正面面对我
我只能用柔弱的手指
在文字里轻轻地抚摩它

我总想找一个适宜的时候
捉住它　培植它　让它繁殖
让它在我的房前屋后　开花
然后　我用温馨的花篮
采摘它　再把它
寄放在一个浪漫的季节
一瓣一瓣将其消融
直到它变成一股暖风

2008 年元旦

2008 年元旦如约而至
似一阵风　很轻
似乎在昨天　它还在
遥不可及的梦里
我坐在时间的快车上
越发地愁眉不展

时间　总是凌驾于人之上
不疲不倦地运转
它从不施舍　也不怜悯
我惊恐万状地看着脚尖
在时间的波峰浪尖上沉浮着
被折磨得死去活来　我担心
我还没有到达生命的终点
就被时间击得七零八散
现在　我将抱着几十片花瓣入眠

生　日

我是在生日的当天
偶翻日历发现是生日的
在这之前　我曾竭力地
想把它忘掉　因为
它频频造访　夺走了
我的少年青年　现在又
飞速地将我推进中年
我愈是讨厌它　它愈是
如我的紧身内衣一样勒紧我
我一提到它　心脏就会加速狂跳
它越发使我难看
我多想停一下
重复一遍昨天的日子
我多想停一下
做一个短暂的喘息
可它从不给我机会

可恨的是
它让我的年轮
一圈一圈地疯长
它还用倒计时
算计我的生命
现在一提到它
我的心口
就有种　小小的疼

走向夜的最深处

我感觉到了
我的情感档案里
越发地家徒四壁
在寒冷的冬夜
我愿一夜一夜地失眠
所爱的人在加速逃离
眼前是一片令人迷惘的黑
我走向了夜的最深处

最后的飞翔

——献给周熠老师

我知道　您那时很是痛苦
我只能用低音　说些
您没有听到的安慰
如果您听到了
安慰　就变成了
最卑鄙的词

我知道　您那时在受苦
我和您的文友们
只能缄默闭口
任何一句关怀的话
一经说出　就成了谎言

我知道
上帝对您过于冷酷

但您对上帝
却要求自己
一定诚实

您忍着病痛　闭门修炼
抓紧时光　秉烛西窗
整理文稿　孜孜不倦
壮志宏愿　欲以施展

我知道　您的身体
像被千万只蝼蚁噬空的坝堤
可您却英勇地抢在死神前面
做最后的飞翔
一飞而成为永恒

您获得了超越
拥有一个不再受苦的灵魂
由复杂回到了单纯
甚至是
伟——大

我打不开自己

我还是一个简单的我
语言是老式的
思维是老式的
还有一把老式的锁
锁住我的脑袋
我打不开自己

流浪也好　漫步也好
步点要求周正
脊背要求挺直
始终保持直立的姿势

有人笑我不会享受生活
是的　我古典　我呆板
我依然会　把鞋上沾染的
泥土跺一跺　把影子扶一扶
把翅膀抖一抖　始终保持
目光向上　视野开阔

那夜烟花很美

那夜　你像一团烟花
在我夜的上空
绽放了旷世的美丽
然后销声匿迹　留给我的是
一弯苍白的月　和孤寂的梦呓

我的眼睛　被你灼伤
但我还是一遍又一遍向你瞻望
你知道吗　我赤脚在冰川上
行走了多时　思维仍在那一刻蜿蜒
我品嚼每一寸离别的温度
如今　那烟花的美
已成我脸上通红的羞愧

我不小心说出了禁忌

骗子这个词　以前
我一直都在忽略它
可是现在它像蚊蝇一样缠着我
和我很亲热　他们整天装扮得
花枝招展　外表和人一模一样
完美无缺　我承认
我被他们狠狠宰了一把
我蹲在一个墙角　狠哭

原来　骗子与时代同步
也是高科技的产物
他们像瘟疫一样蔓延　无孔不入
白天　他们吮吸着太阳的热情
黑夜　他们走着一条可憎的路
开着猩红的花　很耀目
我辨不出真伪　无处躲藏
今天不小心说出了这个禁忌
冬天来了　我有充分的理由黯然神伤

我在巨大的夜晚迷茫

我带着一分失意　两分惆怅
在这个巨大的夜晚　迷茫
月儿懒懒地散着疲惫的光
风儿抽着我的内脏
前方　是否是那个悠长悠长的雨巷

在这个巨大的夜晚
我的影子愈拉愈长
我徘徊着　像个过时的旧人
背篓已经八面临风
一走就会飘起来
我弯着脊背
紧紧护着耿直的信念

中午的镜子

我希望中午的镜子
朦胧些　再朦胧些
最好是落满灰垢
荒谬着　这样我就能
依稀找到走失的旖旎

我希望中午的镜子
笼罩着一层云雾
雾里看花　不至于
慌乱和麻木　在醒与梦的当口
一个隐喻的灵魂得到救助
让自信呼吸

我希望中午的镜子
再增加些厚度
混沌中透出模糊
这样　更能让人阅读

我的内心是一座荒岛

我的内心是一座荒岛
没有足迹踏过
没有舟船停泊
只有浪花在咆哮
击打我麻木的心灵

我的内心是一座荒岛
没有葱郁的花草
没有啁啾的鸟鸣
只有纷扰的往事和从岁月深海中
荡涤出来的一层层污垢

我的内心是一座荒岛
我奢望有一粒种子
能读懂这片土地
生根　发芽
长出一份季节的艳丽

习惯了在黑夜里睁大眼睛

习惯了在黑夜里睁大眼睛
有时放大梦境　分析或研究
梦给我带来的吉凶
有时放大心事　把堆积如山的孤寂
细细梳理　用心的彩笔
重新描画来生的轮廓
画出一个微笑的人生

我看见了窗外　有一颗星
在剧烈地跳动
牵动我的心境轻轻摇曳
春的思绪在悄悄怒放
幸福幽灵般向我飘来
现在我越发喜欢黑暗
因为在黑暗里
我牢牢攥住了光明

我为自己不能发芽而惭愧

花草　树木　小鸟
每天同太阳一起
在清晨唱着年轻的歌
而我　在枯枝败叶上行走
多时了　找不到发芽的季节
是什么东西把我隔在了前世
我盗来了谁的忧愁
有哪种事物　会从我身上破壳而出

青山　大地　河流
每天都是崭新的
和太阳一起唱着不老的歌
而我　在聊斋般混浊的日子里
恍惚着　我艰难地
爬过了一天　而另一天
却迅速将我爬过
我为自己不能奔跑而惭愧

你还是没有看见我

亲爱的　我就在你的根部
是你的一撮泥土
有我你才得以挺拔威武
有我你才真正像棵树
可你还是没有看见我

亲爱的　我就在你的根部
是你的一滴雨露
我每天都在你身体里穿梭
供你营养　供你享受
可你还是没有看见我

是的　你的脸朝着太阳
你的枝叶也全都向上
你的微笑全落在
花鸟彩蝶身上
我只有静默不语

流　泪

那天　我积攒了一周的泪
准备找一个僻静的地方
痛快地流一流

但我看到那个路边
苟活着的残疾女孩
靠人们的一点点施舍过活
食不果腹　月月年年
夏天　她要忍受热浪煎熬
冬天　她要忍受地冻天寒
她的苦难　无际无边

与她相比　我算什么呢
仅仅是一点点无关痛痒的
呻吟罢了　根本没人看见
我很惭愧　然而
我还是流泪了
三分之二的泪是为
那个可怜的女孩而流

黑暗遽然降临

黑　墨汁一样的黑
掳去了我眼前所有的光
心　被一点一点地切割
痛彻的疼痛　蔓延着
原来　诺言出生在乌有村

街上　到处奔跑着谎言
诚信　在孤立
灵魂　被出卖
眼睛被飞扬的尘埃遮住了光
世界成了什么样
人与人之间
需要处处设防吗

那夜爱情死了

那夜　爱情死了
我找不到祭祀的供品
平生第一次把烟点燃
万籁俱寂　我对窗而立
那袅袅的烟雾从窗口飘啊飘
爱情也随之化为乌有
谁还会旧梦重游
我是你情感档案里的匆匆过客吗
我是你夜空里陨落的流星吗
我是你旅途中凄美的点缀吗
我是你温室里凋落的昙花吗
你走吧　离恨恰如春草　更行更远还生
残缺　不也是一种美吗

放飞诺言

我选定今晚
碾碎虚狂的文字
将一切诺言　放飞
堂皇的故事就此失真

那些包装的华丽外衣
像假山一样在我面前峙立
只是我在七月摇扇的间隙
窥见了红尘草色的人世

我只有转身再转身
捡一片云彩
装饰身体

一切与我无关

大地欢腾了　山川欢腾了
我坐在被时光忘却的角落
睁着惶恐的眼　醒着
现在　我只能在甜蜜的梦里
摇一串怀旧的风铃
制造一阵叮叮当当的响声
拂去我满目的尘埃

你们都不曾看见吧
我正透支着生命
我栽种的那棵树
它的根须在我的沃土里
攫取着营养　一点一点
占据我的心房　那朵朵洁白的花儿
在我面前开得纷纷扬扬
撞疼了我深藏的旧伤

怅　惘

我坐在荒凉的　寂寞的
夜的广场　缄默
一言不发　怅惘铺天盖地
遮住了一轮圆月　一腔情愁
超出了所有的时令

灼热与企盼　总是擦肩而过
我的心灯啊　无处可放
月中那只玉兔　不知
逃到了何方　我披着沧桑
迂回着　从情的此岸
走到情的彼岸　从情的彼岸
又走回情的此岸　何时
才能抵达温柔之乡

悬　崖

写下这个题目　我吓了一跳
手中的笔一动不动
我怕再蹦出一个字
我就真的跌进万丈深渊
这也许并不是坏事
跳进去也许就一眨眼工夫
许多骨头就会被拆下　敲打重装
一眨眼　也许会是又一重天
其实　我早就看出
前方是一片巨大的虚无
有虚拟的草坪　羊群　狼
但我还是卸下所有的意识
携带魅惑执意前行　没有什么
这无底的迷醉超越了幸福
我不能不信　你的谎言
说得天衣无缝　没关系

我视它为丰富的阅历
和奇特的艳遇　我还会
点燃一簇一簇的篝火
让温情洋溢开来
让太多太多的冷　热热吧

走失的一束光

一束早已走失的光
突然又光顾我
那份　过分的热能
和过分的亮
刺疼我迷惑的双眼

我麻木着　一言不发
我把自己交给黑暗
拒绝所有的光进入
我已经习惯了寂寥与空旷的生活
习惯了跟着夕阳慢慢地转
习惯了在春风里采撷花香

忘记就忘记吧
没有必要去苦苦地怀想
明天我把自己变成一束蒿草
交给火焰　晚风吹来时
慢慢地燃烧　慢慢地亮

我希望你醒一醒

你在丰腴的绿色中
向我翩翩走来
我眩晕了　幸福微微泛红
像是诗歌有了奇遇

说真的　见到你后
我的天空就一直晦暗不明
你的每个艳情故事都很动听
以至我放下所有的疑惑和杂念向你走去
仿佛看见了一个真实的人向我走来
我有了梦和膨胀的夜晚
人到中年　应该像杯子一样越擦越净
而你反倒越擦越黑　我看见了
你的灵魂已经远离了你的肉体
四处放风　在红尘中翻滚
把每一天都当第一次那么新鲜
你很危险啊　你会尝到自己种下的果实
请赶快交出你相貌后的东西吧
剩下的时光　把你的心扶正

一千个理由不是理由

我曾被抛起跌落了无数次
内心的恐惧是前所未有的
太多的日子　被黑暗掩盖
满眼都是落英缤纷

一个季节来了　另一个季节远走了
我颤抖的凝望啊
像火焰升腾前的饥渴
我的燃烧更加炽热

一千种幻想不是幸福
一万个理由也不是理由
是否等到我老态龙钟时
将我噙到你的唇上
用苦涩的相思
去填补我旷日持久的梦境

站在你的遗像前

——悼念挚友王鸿升

满目飘零着苦涩的忧伤
哀愁是剪不断的雨丝
悠长悠长　泪眼朦胧中
你还是笑得那么灿烂
我们怎能相信
此刻你已经悄悄走远
你去了哪里　是天堂吗
那里是否有四季和阳光

我是多么不情愿　向你举起
告别的手臂
你正值英年　脚下的路
还很长很长　很多事情还等你操办

我是多么不情愿　向你举起

告别的手臂
阳春五月　本是春光明媚
我却看到的是阴云锁天
黑暗遮眼

我是多么不情愿
用诗　写下无尽的悼念
用文　记下真挚的情感
失去你　空气里少了
几多欢乐和芳香
失去你　日子里少了
几多温馨和祝愿

我坚信你没有走远
你还在工作　还在我们身边
笑声朗朗　把盏言欢
你那真诚的模样　还在眼前
你那风趣的言语　还在耳边

我是多么不情愿　向你举起
告别的手臂
请你安息吧
我们会永远把你怀念

总有一天你会爱上我

你在我的心里　播下了
一心窝种子　每一粒
都是我想你的疼　我坚信
总有一天　它会发芽
它会慢慢长大　它会怒放成
一朵漂亮的花朵　占据你
直到你有点喜欢　请你不要采摘它
好好地看上一眼　仅此一眼
就能抵挡我的万般苦难
总有一天　你会爱上我

第四辑　爱，开始歌唱

乡村的炊烟

炊烟　从乡村的屋顶出发
向阳光的方向生长
它是红尘中飘舞的血液
不惧风雨　即使折了腰
弯曲着也要上升　它是
世俗中不可抹去的隐痛
引领着村庄和土地走过沧桑
灿烂着生生不息的时光

也许　人们对它不屑一顾
因为　它没有高山云海的壮阔
没有峡谷薄雾的乖巧
它的根　扎在乡村的沃土里
以一种弱势的方式生活着
日日月月　以笨拙的姿势蔓延
鞭打不散　始终舞动着一个意念
上升　是它一生的目标和方向

感　恩

——献给博友们

你们是开在我心里的花儿
一朵又一朵　每一朵花儿
都是我的梦　它甜润馨香
一如佛光穿越身体
击碎黑暗　使我快乐地飞

你们是闪烁在我夜空的星星
一颗又一颗　每一颗星
都是我的一盏灯
它驱赶寒冷　助我上升
使我的羽翼　愈加丰满

时光在啃我

时光在啃我
啃我的骨头　啃我的毛孔
啃我的脸颊　啃我的幸福
哦　恶魔无孔不入

时光在啃我
啃完了我的昨天
又来啃我的今天
我甩掉了一切陋习
还是没有喘息的机会

时光在啃我
它浸入我的血液
它钻进我的体内
比毒蛇更凶猛
比猛兽更凶狠
啃　啃　啃

明　天

明天　我会长出辉煌的翅膀
在想象的国度里飞翔
明天　我将走完伤心的里程
抵达光明的终点
明天　我会开出绚丽的花
放射耀目的光芒
明天　我将提着西风
握着阳光　聆听鸟儿歌唱
明天　我将找到一份奢侈的爱情
喊出一个惊世的愿望
明天　我深爱的明天啊
盼你就像盼望上帝
来拯救我的苦难一样
我天天都在赞美你
现在　无数个明天都来了
我是否还是“今天”那个模样

甜梦在失望中升起

怅惘的故事轮番上演
精神的大厦　在岁月的
剥蚀中　一点一点地坍塌
在一个无月无星的黑夜
我拎着半世的疼痛
开始了寻梦的生涯

车辆尖叫着向前奔
而我却逆着时光慢行
脚下的路愈走愈狭窄
可梦幻的世界却很大
我睁大眼睛张望着
却被突如其来的强光刺伤

当我老了的时候

当我老了的时候
我会变得更加憨厚又老练
让大人和小孩儿见到我
如微风拂面那么舒畅

当我老了的时候
我会把一生积攒的笑容
全部抖出　挂在脸上
笑出迷人的温顺和慈祥

当我老了的时候
我会拿出一生的情感
去疼爱小辈　把他们的苦难
放到我的手心里轻轻呵护

当我老了的时候

我决不会让皱纹恣意地
在我的脸颊纵横
我要充分利用现代医学技术
不断整容　找到仄仄平平的韵脚
把脸部熨平　再种上
金黄金黄的花儿　美丽且光鲜

一棵草儿

一棵草儿　无拘无束
用自己小小身躯的
小小脚步　随意行走
袅袅婷婷　将浓绿袒露

一棵草儿　在地上漫游
不嫉妒伟岸的大树
不羡慕世间的万物
戈壁滩上能安家
石缝崖间能落户
日月为伙伴
风儿作舞步
一生清清爽爽
从不知什么是忧愁

黄山松

身着永不褪色的绿装
始终以昂扬的姿势　站立
在山之巅　在云之上
托着暮鼓　捧着太阳
以一种博大的生命形式
把沉思与威严庄重地写满天堂

从不抱怨命运坎坷
从不悲悯冷清寂寞
练就粗犷豁达的品性
练就气宇轩昂的身板
风刮不折　雷劈不倒
哪管自己　脚底的贫瘠
即使裸露着根须
也要紧紧拥抱山岩

唯有松能做到　物我两忘
你每时都在告诉人们
山不老　生命不老
在时间的海洋里
伸展着劲枝
在沸腾的时光里
尽情地歌唱

今天　我从你的根部出发
沿着你的脉络
走成刚毅　走成巍峨
学会奉献　学会仰望
学会站成你的姿势
到永远

走进秋

蘸一抹金黄
挂一层芦絮
披一缕太阳的银辉
飘一丝细雨的清凉
秋走来了

秋　洒脱浪漫
秋　热烈奔放
秋　敞着无私的胸怀
让阳光鉴赏
秋　伸着有韵律的手
燃起人们的搏击的希望

走进秋　虽然有些苍凉
那是收获的宣言
走进秋　虽然有些彷徨
那是万物休整后在孕育新的辉煌
走进秋　虽然有些忧伤
但调整后的心境会更加
澄澈阔远

秋　情

秋日的天空　湛蓝　宁静
秋日的阳光　温馨　火红
秋日的空气　清新　甜润
秋日的大地　果瓜沸腾

秋很诚实
没有许诺　只有给予
秋很慷慨
敞着胸怀　毫无保留地
把蕴藏许久的秘密展现枝头
让生活感悟

秋　就是一挂
丰硕的风铃
让你淡忘一切烦忧
摇响一串桂花飘香的追求

灯

有一盏灯虽然很朦胧
但还是照到了我昏黄的夜空
一缕光晕射进我的身体
一股云雾从我体内飞出

有一盏灯虽然很朦胧
但我还是长出了快乐的种子
在我心田萌动
一种久违的激情向外喷涌

有一盏灯虽然很朦胧
但我还是看到一道美丽的彩虹
穿越漫漫时空
把一个濒死的灵魂激活

我需要一次全新包装

不是我不想飞翔
是上苍没给我强劲的翅膀
也许是我的眼睛过于习惯了黑暗
对闪烁的亮光还有些迷茫

我记不得幸福是什么模样
只记得这个季节　带给我的
是最深最厚的悲凉
夏季已过　水开始降温
我希望能尽快结冰
最好把我重新密封冷藏

我在无菌的真空里冬眠
等待有个火一样的太阳猛地照在我的身上
我忽然解冻　一个全新的我
展现在人们的面前

老檀木

我是被人砍伐　躺在地上
静默多年的老檀木
全身漆黑　如石坚硬
天地造就一副铮铮铁骨
我以栋梁之躯立在万物之中

忽然有一日　一粒花籽
钻进我身体内部
急急破芽　长成一株花树
袅袅婷婷在我枝头歌舞
我身体的每个细胞开始躁动
似乎都变成了美言的嘴巴
争相倾吐温柔

花树啊　你怎么像钉子一样
牢牢钉在我的心头
你成了我拔不出的痛
抹不去的美丽伤口

秋　露

一束枯草上　坐着一滴
晶莹的秋露　它很美
它把空气中最干净的部分吸入
借生命之力　给草儿一点滋养
使草儿有足够的勇气　赶走荒凉

一片一片的萧条　敲击着黄昏
秋露随秋风飘荡
它知道　自己很脆弱
一愣神　就走完一生
但它不让明月　不让东风
头顶星光　占地为王
纵使粉身碎骨　也要拼出一串
清脆的笑声

露　珠

人们不知道我诞生于何处
我是从地下蒸发出的一股水雾
在夜间漫游　遇到冷空气
才得以成为一颗
晶亮晶亮的露珠
我从不奢求华美的房屋
也不羡慕漂亮的万物
给我一片枝叶
我就能安家落户

知足　是我的内涵
快乐　是我生命的全部
我没有多大的抱负
只想用小小的湿润滋养万物
能看一眼太阳
是我一生的追求

日子在删除中行进

日子　一圈一圈地重复
我删除过　多余的事物
我删除过　熟透的婚姻
我删除过　呼啸的风暴和朦胧的月
我删除过　遥不可及的风景和远方的晚霞
我删除过　没有信仰的大山
我删除过　身后旧事和前方的歧途
日子在我的删除中行进
如今　天上的乌云都一一散去
我开始明朗起来

再脱胎换骨一次

带着前半生的荒谬和
一身的寒冷
跳进红光灼灼的熔炉
用剧烈的炭
把我烧成软浆　在毁灭中
我想再脱胎换骨一次

我具备了狼的野性
甩掉了　脚下的羁绊
甩掉了　几道山岗
我努力越过歧途
我来到一个灵气十足的山丘
占山为王

我必须……

我必须　像蜜蜂一样苦酿
热爱清晨响亮的鸟鸣
热爱禾苗拔节的声响
热爱晨雾弥漫山岗
热爱太阳光芒四射
热爱泥土收集芳香

我必须　时常有一些危机感
在越来越少的日子里
翅膀必须天天擦拭
脑袋必须天天清洗
时时睁着敏感的眼睛
适应变化着的季节和污浊的空气

胡思乱想

一

我在时光的深海里起伏
像个精灵穿过群星
飞过流云　从仙界的
屋顶掠过　我很惬意
沉醉于这般超然的启迪

二

村子被雪覆盖着　很静
我漫步田野　闻到了绿色的清香
我发僵的四肢开始舒展
我忘了自己是谁　仿佛
一切都还年轻着　不曾老去

失　魂

今夜　我的失落接近沦陷
在心灵的荒坡上　有一种
寂寥的跳动　流光的暖阳
在憧憬里终结的斑斓的梦幻
从树梢上一片一片剥落下来

今夜　情也失真　爱也失真
幸福一闪即逝
阴云愈积愈厚
尚未消化的欲望
繁殖出一瓣一瓣有毒的烟雾
让我的芳华褪尽

无处藏匿的情感

我陷在感情的纠葛中
事必会遭到一些冷遇和嘲笑
可我没办法　无处储藏自己
我听到了月光中也有狼的号叫
大地上布满了纷乱的脚步和醒着的事物

我无法安静　身上长满了藤蔓和刺
它尖叫着张牙舞爪
企图占据一座山头或一片森林
把自己藏进去　今日或明日
娓娓倾诉不能言说的伤

雪野漫步

一场美丽的大雪　像个白色的精灵
一夜之间　覆盖了原野的绿
带来了冬天　寒冷以不可抗拒之势
占据了这个季节
我不知怎样描绘它
我自豪地望着这个
富有诗意的杰作
丝丝蜜意从心底溢出
“你好　雪儿　我喜欢你”

我走走停停
企图用心去醉一次
让那些忧郁的种粒跳出来
使我重新审视世界
去经营云淡风轻

我被悬在了空中

我觉得自己被悬在空中
无遮无拦　连影子都抓不到
无助地飘　像是回到了寂寞的前世

一行行大雁　无视我的存在
排着齐整的队伍　唱着歌儿
欢快地从我身边路过
我想跟上它们　却没有翅膀

时间在我身边停止了律动
太阳愈飘愈远
密集的云块向我聚拢来
我渴望有根绳子或是一束光
能够靠近我　使我
在孤独的漂泊中　获得新生

想成为一缕微风

不狂　不躁　不愠　不怒
只愿做一缕祥和的风
静静地　以一种平常的心境
去抚慰生灵　以至高无上的
感恩去征服世界　不等待什么
也不需要被谁等待
用一生的孤独去铸造安详

想成为一缕微风
自由地飞
去愿望里追梦
去废墟里翻找火星
把一群花儿吹到天上
赶着云儿周游盛世
饮用干净的水
观赏正经的花

面朝大海　席地而卧

亲吻初升的太阳

扶正脾性　与许多人成为朋友

很平静　很随和　很厚道

闲暇时候　说说时事　谈谈季节

去安抚一些草一样枯竭的生命

不记载任何行踪

灵魂的花朵

诗　以凄婉之美
虔诚地抚慰我
漫卷空而又空的辽阔
将光辉延展到极致

诗　以扶摇直上的力
牵引我　使我在黎明时分
微风一般地涌动
缓慢地醉　缓慢地销魂
轻柔且温润

诗是以灵光之气救赎我
它在我骨骼里开满了花
一朵一朵　一簇一簇
我愈发地宽大为怀

我以清明的心放逐自己
记住了石头的沉默
记住了草儿的嫩绿
在岁月的摇曳中
进进出出　不骄不躁不迷目

我在夜色中流连

夜色沉入了梦幻的深处
一个独行者在诗画般的意境里悠游
那轮富有灵性的下弦月
如影相随　似乎在喃喃倾诉

前方是个温情的驿站
飘来了淡淡的幽香
我陷入了更大的诱惑
心在起伏绵延
脚步在流连忘返

总想把眼睛挂高一些

总想把眼睛挂高一些
高过雁阵　在神秘的宇宙间
如挂两盏灯笼　让清风和星星
反复临摹　成为耐看的景致
为爱情接风

总想把目光　拉长
长过太阳的光线
无论你走多远
背影在何方
我依然能在高空里
用彩云作标记
使黑夜失去控制力
让爱畅通　接你回家

我目睹了一只鸟儿自杀

那天　我刚打开办公室的门
一只鸟儿呼啸而至
也许它被外面的噪声吵昏了头
想换一个环境　活一下

鸟儿惶惶的
好像有谁在后边追赶它
它在我办公室内转了一圈
把后窗明亮的玻璃当成了出口
狠命撞去　一次　两次　三次
我大声喊叫并挥舞着手势
它熟视无睹
最后　它一头栽到地上
再也没有飞起

我为自己目睹一场自杀
惭愧不已

明天是什么

明天　大地会长出伸向太阳的阶梯
独行者会在风月夜里
找到不老的爱情
明天　时光会保存所有的幸福
使日子平稳向前
明天　谎言在堕落的角落里哭泣
黑暗被驱逐　欢快的步子踏歌而来
明天　天空被电脑控制
星星可以随意升落
时光可以随意拉长
年龄可以随意删减
明天啊　无数个明天
请不要总是与我
擦肩而过

我知道了一个真实

室内　昏暗的橘红光线
在柔柔地飘　你为了
年轻时的邂逅和一丁点儿的爱
穿过围墙　带着流窜后的苦
和刺鼻的香　匍匐着向我走来
一场爱情在叛乱中燃烧

你是个自由人　又同时被禁锢着
窗外星光很亮　怜悯着人类
我看见了你的热情后面
长出了枯竭的花朵
我知道了一个真实
你是虚假地挺身而出

我向后退去

我曾经想象　怎样用力才能推倒
横在我面前的墙
轻而易举地牵到你的手
可你一直被另一双手
牢牢地攥住　我一触摸
就被烫伤　我只有向后退去

但我依然欣喜于用文字抚摩你
呵护你　你的名字
不再挂在我的唇边
秋天来了　我慢下来
心里纯白一片　很干净

希　望

每天　我都在憧憬
有个小小的幸福　路过我
使我获得一个小米枣一样的甜
在我身体内稍作停歇
我的爱和梦想　就会同时降临

每天　我都渴望
有朵小小的火焰　照耀我
使我得到木棉花一样的暖
来拯救我的不快乐
来化解我的缄默

纯粹地活着

这么多日了　天气一直霉烂着
难怪　人们一说话就湿漉漉的
不过　这也不是坏事
声音里保持着恒温和甜味
不像我　很干燥和不合时宜

这个年代　人们都忙于改良自己　装扮自己
而我依然坚强地活着
我想　可能是当初成长的过程中
一些昂扬的东西潜入了体内
我没有染上什么恶习
也没被什么恶习染上
时不时地　也有几缕敬畏的目光飘来
但仅仅只有几秒钟
现在　我被时光的刻刀伤害着

羡　慕

我羡慕那些善于言谈的人
我不会让冷却的气氛活跃起来
我只会说些蹩脚的话
令烦闷的场面更加冷清

人多的时候　我裹紧大衣
似一个真正的间谍
完美得一无是处
可浑身上下蹿着火
内心是无奈的疼痛

飞　翔

天空这么广阔
我从没有真正飞翔过
在梦中我却一次次地飞

星星从我身边大批坠落
又从我身边上升
我凌空飞翔
飞过了大雁的高度
飞过了大山的高度
体重比青烟还轻

我学会了爱荒凉的太空
适应了乌云遮挡太阳的过程
我看到了　在蔚蓝的天宇上
很多语言　渐渐开花
很多故事　破壳蹦出

我是你桌上那束吊兰

我是你桌上那束吊兰
正葱绿地绽放　请你
每天抽出一些时间
用心地看我一眼
我会驱除你的疲惫
化解你的忧伤　给你
意想不到的清凉

这个盛夏　我都在等待
你灼灼的目光　请你
每天抽一些时间
用心地看我一眼
我会抓住这瞬间的幸福
慢慢地度过荒凉的一天

亲爱的　秋风来了

请你　在闲暇之余
用心地看我一眼
我会晒干眼泪
用尽所有的美好词曲
夜夜为你歌唱

你是我永远的疼痛

多想　站在你的门前
在你困顿　或是醉酒的时候
为你献上一杯茶　或是
披上一件衣衫　然后
爱恋地看你一眼

多想　牵着你的手
在一条小路上徜徉
不说话　静静地走
从路的这头走到路的那头

可是　我已把红尘看透
今生不打算偎依什么树
只想做个世间的另类
任时光随意溜走

有一股风

有一股风　总是从我的背后或
墙的拐角处　刮向我
它每刮我一次　我就会
颓废一次　或是跌倒一次
这股风虽然不大　但它
有着魔幻般的杀伤力
它穿心穿肺　入骨入髓
企图　要修改我的下半生
我无数次地感到冷

不过　我很快就会爬起来
还会认认真真地
把自己从头到脚理一遍
更重要的是　我会重新扭转一下
前进的航向　确定一下
今后朝着哪个目标　飘

真的　我也从没有想过
非要长出翅膀　抵达
一个什么高度　我已经
失去了很多光阴　剩下的时间
要做个会生活的人

一丝光漫过我

一丝光　从遥远的边疆飘来
漫过我叮当作响的身体
温暖像风中轻轻摇摆的紫蔷薇
直达心底

或许　这束小小的光
仅仅是路过我　在我眉梢一闪
就不见了　或许并不是这样
它一直照着我　使我通体发亮
无论怎样　我都要感谢它
它在我的意念里
有种无形的力量
和旷世的渴念

幸　福

幸福　没有任何预兆
在初冬时节造访了我
令我　惊喜不已
爱　急剧升温
热流　覆盖了我

冰冻的血液　开始解冻
混浊的视野　开始变清
迷蒙的尘雾　开始飘散
周围的事物　开始变暖
到处是宽阔的浩瀚的光
枯枝抽芽　小草泛青
大地芬芳　孤独躲进了阴沟
寒夜背叛了季节
我把自己退回到风华正茂的年纪
和霞光一起　去拥抱青春　拥抱鲜花
去敲恋爱的窗　去做风流的鬼
我忽然明白　世上美好的东西
还是有的　它就在人生的后边

枫　叶

初冬　万物萧条
枫叶　却以最艳最暖的色彩
驮起大山　摇动生命的大旗
像火一样　以燃烧的姿态
独领一方风骚

枫叶　经过了春的孕育
夏的濯洗　秋的凝聚
以绝世的美　在冬的枝头
敲开漫山寂寞　在霜雪肆虐的时刻
以滚烫的血液
和殷红的光芒　笑傲世界
红了天　红了地
红了一片江山

一个人的礼拜天

很安静　喧哗没了
噪声没了　潮汐没了
我忽然发现　这些年
我把一切都弄丢了

人情薄了　朋友远了
亲情淡了　爱情跑了
礼拜天　我一个人坐在家里
吃零嘴　睡懒觉
写无聊的字　看无聊的书
上无聊的网　散简单的步
做简单的人

我知道
我不可能成为花
不可能成为树

也抵达不了什么终点
争芳斗艳不是我的事
花开花落不是我的事
现在　无论我抬哪只脚
都无法迈步　我的前方挤满了人
严重堵塞　我只能静止
我渴望着　这个时期我的静
能超过所有的喧嚣

背　叛

年龄这个词　一直被我忽略
没想到　它竟背着我疯长
近日突然蹿出　横在我面前
将我死死地捉住　非让我
遵循生命的规则　我不服
我并不打算接受它
谁知它竟然肆无忌惮地
封锁我白昼的开关
在我面前　上演黑色柔情

我很惧怕　也很恐慌
我大声喊疼　我清楚地记得
就在昨天　我青春的记忆还在奔跑
脸上还开着阳光般的花
怎么一夜之间　消失殆尽
时光啊　请把脚步放慢
允许我　慢慢地整理思绪
允许我　每天早上仰望一次
初升的太阳

定不下心的爱情

就像是从高空坠落的雨
被风儿刮着　飘来荡去
这定不下心的爱情
每晚都在敲击我忐忑不安的心
一个怀旧的杯子　斟满了酒
等待一次举杯　可举起的
往往是玻璃碎裂的声音
一颗流星划过天际　正在谢幕
我听不到你的声音
看不到你衣襟下潜藏的忧郁
我脑中镂刻的思念花纹
隐匿了芬芳
我期待着一阵急促的呼吸
打开一扇门
照亮归家的人

第五辑　草儿青青

永远的古槐

看到它　就像看到
一位年逾古稀的老人
它皴皱　驼背　沧桑
甚至奇丑　但我对它倍感亲切
毕恭毕敬　唯有它也只有它
才能做到坚守老街　坚守故土

它是一部耐读且厚重的史书
从一千七百年前走来
穿越历史　穿越时空
蹚过风雨　蹚过雷电
蹚过厮杀　蹚过枪林弹雨
与人　与兽　与星斗为伍
与天　与地　与日月为伍
豁达友善地活着
热烈向上地活着

义无反顾地活着
春天　它收集阳光雨露
从血脉里繁衍着春
秋天　它收获成功果实
从时令循环中延续着生

我想　它一定会记得
那些一个一个从它身旁
蹒跚学步　然后出走
然后又回来的叶落归根的人
也只有它　才能看清
人类形形色色的本性
看清人类的前世和后生
它只是默默地看着不作声
它不说但它明白
对那些曾经用刀子捅过它
在它身上随意砍伐和
随意揭它伤疤的人　它总是
报以微笑　从不记恨
它只为生命而感恩

我想　它一定是一位
耐心细致且慈祥的老人
喜欢和煦的风和狂暴的雨
喜欢葱郁的夏和寒冷的冬
喜欢喧嚣　也喜欢宁静
喜欢路人脚步匆匆

喜欢车辆喇叭声声
喜欢万物和世间的一切精灵

千年古槐　我向它致敬
因为从它身上
我看到了永生不老
因为从它身上
我看到了万世风景

渴望飞翔

——献给特奥会运动员

我是一名特殊的运动员
虽然经历苦雨风霜
我的心依然没有荒凉
面对坎坷磨难　我依然渴望飞翔

我是一名特殊的运动员
虽然历尽世间沧桑
我的爱依然没有搁浅
面对身体的缺陷
我依然渴望远航
特奥会啊特奥会
你是我人生的希望
你的歌儿在我耳边震响
你的精神激荡我奋勇向前

燃　烧

萌动的小草在燃烧
吐芽的柳枝在燃烧
升腾的炊烟在燃烧
奔跑的风儿在燃烧
全新的太阳在燃烧
春天　是燃烧的季节

我翻过年轮　直起腰板儿
沐着春天的气息　燃烧
燃烧吧　把生命烧成一团火
开垦心灵的荒坡　填补残缺
在挫折中启航　在隐忍中实现梦想
铲除滞后的我　失重的我
躁狂的我　慵懒的我
复制并锻造一个刚毅的我
繁荣的我　向上的我

充满希望的我　真实的我

春天　就让我们一起燃烧吧
相信成功　相信未来
相信付出和回报
相信前方
一定会有艳丽的花朵开放

致移民纪念碑

你　背负着生存的重荷
满载着一页页不朽的历史
耸立天地之间　站成一座丰碑
从此　你沐浴着太阳和月亮的光辉
在时光隧道中穿行
与神对话　点亮夜空
只有你　才能做到万世矗立

你　收集了大段大段的事迹
摇落一串一串人间悲喜
你的胸腔里蓄满了奔腾的江河
你的心房里充满了浓香的情谊
你在这里　做宇宙之梦　思古之梦　经典之梦
温暖代代生命　把香火传递

你是一座不朽的丰碑

让哀愁在冶炼中得到升华
让孤寂化为光明和宏大
我听到了土地脉搏的跳动
看到了人间的坦荡与大度
在这里发芽

瓶　子

这些年　我收藏了很多瓶子
五颜六色　很耀眼
我只作欣赏　不打开
我身上的温度　早被人拿走
寒气结出一根根冰棱
以至　我没有能力再打开什么
现在我在月光碾过的刀刃上行走
一站又一站
奔向苍茫

“最美奶奶”，平凡中的伟大

一夜间　一个普通的名字
柴小女　成为家喻户晓的英雄
人们心中矗起一座　最美的丰碑
从平凡到伟大　她像天空中
突然升起的一片虹霓　映彻千里万里
“最美的奶奶”　我向您敬礼！

8 月 12 日　这是一个撕心裂肺的日子
这是一个石破天惊的日子
这是一个刻骨铭心的日子
内乡红堰村湍河岸边四个孩子落水
生死关头　六十九岁高龄的柴小女
奋不顾身跃入水中　竖起生命的阶梯
把祖国的三朵花儿高高举起
您的英雄壮举　感天动地

自从人类生命起源的那天起
天和地就有一个铁的规矩
谁能把死变为永生
谁就是清晨升起的最美的晨曦
永享人们最真挚的怀念和敬意

致中原第一船——清源号

一

夜晚　你是从烟波浩渺的丹水中
挂出的一盏灯笼
披一身温馨
显一片晶莹
与丹水融汇　与细浪接吻
穿过一个个安详的夜空
释放永恒的光明

今晚　我只携带两袖清风
和仰视之心走近你
和你一起听江水拍岸
和你一起共醉一轮明月

与你对视　你在我眸子里一米米增高
我的视野在绿色家园里一层层延伸

我看到了　你是宽阔的江域里的
闪烁的星辰
你丰富了我的诗韵
照亮了我的寂寥之心

二

风　贴着你的肌肤漫游
云　沿着你的航线呢喃
你是翻江倒海的犁铧
犁出万顷峥嵘
卷起铺天盖地的琼浆
你是神秘的水上乐园
笑傲沧桑　捕捞阳光
日日　月月　年年
穿梭在浩瀚的江面
山　因你增几分雅韵
水　因你添几分迷蒙
坚实的脚步　透露出一种自信
执着的信念　闪烁着一种忠诚
我与你同行
身体里长出了八面威风

故　乡

故乡　是潜入我体内的一条游鱼
白天　它钻进我的脑海
夜晚　它来到我的梦中
它在昼夜间缓缓游行
沸腾我的血液
激荡我的热能
我有了　幸福和眩晕的感觉

时光删除了大量的人与事
而故乡　如一颗淳朴华贵的星星
牢牢地高高地镶嵌在我的心中
益发明亮　永不凋落

故乡　是根植在我体内的
一束勿忘我
正是有了故乡那温润的泥土
我才有了发芽的机会

秋的遐思

这是一个秋分的黄昏
月亮穿梭在云雾中　忽明忽暗
几颗惺忪的星星闪烁着　做着粉色的梦
我坐在窗前　被眼前的事物狠狠地迷惑
心境　毫无来由地下沉　下沉
在秋日里　跳跃着胸口的疼痛

那些夏季孕育的绿洲
随秋风一起摇落一片枯黄
此时　我身着单衣
衣外的温度　增添着体内的凉意
我渴望潇潇的秋雨
有大海的气度　能净化
我经年累月蒙上的尘埃
让我洗过的心　有秋叶般的静美

思念，是一根长长的线

思念　是一根长长的线
不管你走多远
这根线　在清明节这天
都会牵着你回到故乡　回到
已故亲人身边　祭奠

在长满蒿草的荒芜的坟前
我点一炷清香　燃一叠纸钱
烟雾升腾中　我轻轻呼唤爷爷
起来拾钱　雨雾蒙蒙中
只见爷爷笑眯眯地
从坟茔里迎了出来
那亲切的话语
依然像风铃一样
一直伴着子孙成长

时光的刀

我在蜿蜒曲折的人生路上颠簸
苦苦地追寻又无望地舍弃
我原地站立着　看到一片秋叶
依然保持着青春的色彩
轻轻地飘落　伴着簌簌的声响
我采摘一朵紫荆花　放在它的身边
安抚它枯萎的梦想　照亮它疲惫的躯体

我感到异常的困倦不堪　疼痛加速
我听到了体内骨头碎裂的声音
时光的刀　这个可怕的东西
它潜到我的体内　如影随形地跟随我
吮我的骨髓　盗我的青春
我的身体　在一天天地坍塌
我曾经一次次地驱赶它
可它却伸展着魔爪骄横跋扈地死死攫住我
我的向往只能在踉跄中止步
多年以后　谁还会用恨搅动我静止的心

空

我被应接不暇的杂事
纠缠着　倦怠乏力
有色的梦　枯了
闪光的话　黄了
路上的风景　老去了一大截
空　前所未有的空
空　依偎着空

体内那条奔腾的河
流着流着　变成了一道道伤痕
不该走的走了　不该来的来了
白发来了　皱纹来了　疾患来了
那些早已丢掉的痛楚
又摸着老路返回心底
就算我全力奔跑
也抓不住人世间所有的美

家乡的端午

五月的风　是一首诗
它在乡村炊烟里飘
它在田间麦浪上飘
它在竹子纹路间飘
菖蒲和艾草插在门前
咬一口妈妈用箬竹叶包的粽子
满口都是诗香
它不仅是一种象征
更是人类灵魂的美食

端午　这个中国老百姓自发的节日
从汨罗江的涛声中走来
绵延了两千多年
那个远逝的身影
已经定格成星河中的永恒
释放着耀眼的光芒
留下的不仅仅是节日
还是一个民族的精魂
是记忆中的永世的爱

屈　原

两千多年前的这一天
汨罗江畔　忧国忧民的诗人的你
带着满腔幽怨　纵身一跃
将一生的遗恨连同血色的生命
一起融入了大江

汨罗江　有你的热血
汨罗江　有你的泪水
汨罗江　以清新清澈清净的水
接纳你的赤子之心
见证了你不灭的永生

你的《离骚》
你的《九歌》
你的《九章》
在华夏大地代代传唱

黄鹤楼，千年的眺望

您驮着蓝天　驮着白云
身披烟霞　怀揣江水
蹚过金戈铁马　蹚过历史云烟
驾着时间的长车　飞奔而来
在荆楚之地　一站就是千年

我仿佛看到了　江边草丛里
站起的一个个光芒四射的背影
李白乘舟越过巴山群峰
崔颢在鹦鹉洲上临风而歌
他们抖开闲情　蘸着描金的彩墨
播撒铿锵的音符　我闻到了
渗透肺腑的古诗馨香
江流千古　楼耸千古
你是昨日热血写就的青春
你是今日走不出的梦幻

你采集了不同时代月亮的清辉
点缀着数不尽的风光
你以无限的神韵　固守着独特的风情
画家在你灵动的绿意中畅想
大山在你的呼吸中代代葱绿

我掬一把玉笛阵阵
逮一串鹤鸣声声
情　被喜悦燃烧着
心　被真诚感动着
眸了在　米米拉长
视野在一步步延伸
我从你苦涩而光鲜的故事中
读懂了你

春　雪

雪　这个差一点儿失约的
白色精灵　终于
在初春的朝晖里光临
它清新　娇美　温润　华贵
给瞻望它的眼睛一个不小的惊喜

那大片大片的鹅毛大雪
似仙女散花般　铺天盖地而来
它飞着　舞着　飘着
哺育胚胎　滋养生灵
顷刻间　山川大地像铺了一层厚厚的棉床
欢跳的小狗在雪地上蹦来蹦去
印出一串串桃花
玩耍的孩童追逐着　砸雪球　堆雪人
堆砌出一匹匹形象逼真的骏马
一棵棵大树似满头银发的老人

露出慈祥的笑脸
祝福路人新年更好
喝足了营养的麦苗伸直了懒腰
小草破土露出了小脸
我在茫茫的洁白中
清出体内的昏暗
我将趁着春雪的墒情
开垦一片辽阔的心田
把心花种上
无论成败或是疼痛
我都要赶在清明节前
破土抽芽

新　年

新年　总是在我千般阻挡中到来
很多事情还没来得及去做
就成为往事　心境常常在年里
一阵一阵地疼

我现在愈来愈惧怕过年
怕老　怕长皱纹　怕身体出现毛病
新年每来一次　我的身体器官
就会集体下滑一次
年像个藤蔓　死死地纠缠着我
把我　从人生的高点拉向低点
几乎是眨眼工夫
我和我认识或不认识的人
都成为过时的人
我现在要做的事情
就是学会遗忘　拥抱夕阳

元旦的阳光

又是在这一天
我披一身眷恋　疼痛地
掀过最后一页日历
2014 年元旦　姗姗而至
新年的门　开了
新年的窗　亮了

看　那个又大又圆的　崭新的太阳
挣脱了臃肿的夜幕
从海平面上　喷薄而出
金色的光芒　映红了天

这天的阳光　格外耀眼
这天的阳光　格外奔放
禾苗在暖阳里探出了脑袋
小草在暖阳里挺直了脊背

乡村大爷　赶着牛儿遛弯
晨练的人流　喊山的小生
全都换上了新年的笑脸

三百六十五个日子飞速行进
让我们在阳光的畅想里
抚今追昔　从头开始
让我们用爱和智慧
去拥抱伟大的事业和美好的梦想
去喂养
春的晶莹　夏的葱绿
秋的喜悦　冬的甜美

野　花

没有人呵护它　没有人注意它
它们却开得热烈　开得奔放　开得喜气洋洋
那红的　紫的　粉的　橙的　黄的
都嫩嘟嘟　鲜亮亮
每年　它们都以最快的速度抢占春天

看　老家的山坡上　田埂上　塘堰边
只要有一点点泥土
都有它们烂漫的身影
在阳光照耀下　它们个个仰着小脸　扭着细腰
频频向路人点头致意
它们活得自由　活得潇洒
没有苦恼　没有烦忧
从不记岁月　从不关心年龄
枯了就枯　荣了就荣
年年光鲜　年年青春
我看着它们　心中有种落寞的疼

幸福向我走来

仿佛被一个无形的幸福笼罩着
所有的缺憾都已填补
所有痛苦都化作一缕烟雾
桌上的杯子里斟满了阳光
有一朵花儿忽隐忽现
我身上那块冰渐渐消融
身边的事物开始变暖
撩人的春色　轻盈地坠入心底
蠢蠢欲动的花草在我耳旁呢喃
阳光啊　温柔又倜傥
我把幸福捧在胸前
那久远的梦幻　在憧憬里舒展
闭上双眼　那个采花的人儿
已到眼前